小さな氷

郷 利昭

文芸社

小さな氷・目次

この回顧録は母の看病に付き添って、五年余りの事実に基づいた記録です。

その1　骨折

阪神淡路大震災があった年、平成七年一月十七日早朝の事です。私が住んでいる大阪府の枚方市もかなりひどい揺れで、下駄箱の上の花瓶が落ちて割れ、母は裸足で外へ飛び出す有様で、普段では見られない騒ぎでした。

私もこれほどの揺れは体験がないので驚きました。母は関東大震災の体験者で殊の外地震が苦手のようで、ちょっとの揺れでもすぐ外へ飛び出してしまいます。震源地神戸の惨状は傷ましく、目を覆うばかりでした。

当時の私は、トラックの運転手をしていましたので、岡山方面の配達は、大変な遠回りをして行った記憶があります。

二月に入ってすぐの事です。母が買い物の帰りに転んで右肩を脱臼してしまいました。転んだとき、母の悲鳴に隣の奥さんが気付いて、自分の車に母を乗せて病院へ連れていってくれたそうです。

仕事から帰って事情を聞いた私は、急いで病院へ駆けつけました。病室の側から恐る恐る中を覗くと、母は元気そうな様子で食事をしていました。

病院へ行くまでの緊張感がどっと取れた感じで、母のベッドに近付くと、母は私を見上げて、「ああ、来てくれたの」と大変うれしそうに私を迎えてくれました。

私はもっと痛がっているのではと心配しながら来たのに、母に「痛くないの？」と聞いてみると、母は「痛いのは我慢出来るの」

母は「なんとか我慢しなければしようがないだろう」と半分やけっぱちな返事が返ってきました。

早速、先生に母の様子を聞いてみると、郷さんはお年なので、手術も考えましたが、とりあえず重石をぶら下げて、元へ戻す方法でやってみるという事で、重石をぶらさげる治療をしてくれたのですが、本人があまり痛がってどうにもならず、先生に母の状態を話して、手術に切り換えてもらったのでしたが、母は骨粗鬆症で骨量が減ってきていたのでしょうか、手術の結果は思わしくなく、母の右腕は、それ以来ほとんど動かない状態になってしまいました。

右腕と言えば利き腕です。これから施設病院を転々として行かねばなりません。その度に右肩の状態を病院に説明していかなければならず、大きな課題が残りました。

右腕が不自由になったとはいえ、我が家へ帰れたので、母はそれだけでうれしそうでした。ところが一週間も経たないうちに、今度は右股関節を骨折してしまいました。退院したばかりの、病院へ再入院することになってしまいました。もうやんなります。

今度の母の主治医の先生は、以前の先生に替わって別の先生の執刀で、手術を行いました。

先生は、私に会うなり、「手術は成功しました。完璧だ」と満面に笑みを浮かべながら、自信にあふれた口調で話されました。

私は先生にお礼を言って頭を下げました。

一カ月ほどの入院で無事退院出来たのですが、当時は私も仕事に行ってましたので、昼間は母一人になります。その辺の事情を病院の方でも心配してくれたようで、介護の要請を勧奨してくれました。

その2　はじめてのヘルパー

紹介されたヘルパーさんは、枚方市立の施設から来て下さるヘルパーさんで、日曜を除く、週六日の訪問で、一日三回来てくれます。母の食事は朝は私が用意をしておきます。朝ヘルパーさんが来て、用意した食事を母に食べさせてくれます。昼は施設で用意したお弁当を持参して来てくれます。夜は仕事から帰ってから私が作り、食べさせています。

右腕が動かないため、母は慣れない左手でぎこちない仕草でスプーンを口に運んでいる様子を見ていると、不自由になった身体の哀れみに心痛めます。

本人は食べたい一心ですから真剣です。スプーンではどうにも口に運べないおかずは、私が箸で口に運んでやります。そうすると、母は「これうまいねー」、お世辞にも母からそう誉められると悪い気はしません。今度はもっとうまい料理を作ってあげようと思う気持ちにもなります。

私の所へ来てくれるヘルパーさんは明るくて、感じのいい人たちで、介護技術も優秀のうえに「フミさん、フミさん」と呼んで母を殊の外、親身になって介護にあたってくれました。

当時、私は介護技術の事などまったくわかりませんでした。これは相当勉強しないと、とても母の面倒など見られるものではない事を痛切に感じました。

それからの私は、恥も外聞もなく、介護のための情報を集めました。なにせ夜の部は、私がヘルパーとして務めなくてはならないのですから、真剣です。どのヘルパーさんに聞いても皆んな口を揃えて、

「とにかく食べさせる事、飲ませる事です。だましだまし、時にはウソを言ってでも、食べさせないとだめですよ。

それと水分の補給は特に大事です。すぐ脱水症状になりますから。夜間は、息子さんのあなたがやるのですから、しっかりやって下さいね」

母が骨折で入院していた病院での食事の世話は、看護助手の方が介助してくれたのですが、母が少しでも食べたくない仕草をすると、「おばあちゃん、もういいの」と言って、さっさと片付けてしまいます。

全体の五分の一も食べていません。私はこのような光景を目にしていましたので、今回、私の家へ来てくれたヘルパーさんの、その介護ぶりには、目を見張る思いでした。

おかげで母も日増しに元気になり、毎日の生活が充実してきました。

ヘルパーさんはその日の母の状態や介護の様子をノートに記帳してくれます。私は仕事から帰ってそのノートを読むのが楽しみになりました。

市立のヘルパーさんに来てもらって八カ月が過ぎた十一月中頃でした。市役所の老人福祉課の方から電話があり、ヘルパーが替わりますからという事でした。

母の悲劇はここからはじまったのです。

当時は福祉課の方でヘルパーの行動範囲のバランスを取るための割振りを行っ

ていたようです。まずい事に私の家に割り当てられた施設は、最近出来たばかりの施設でした。

私は内心、不安を感じましたが、来て介護をしてもらわないわけにもいかず、渋々承諾しました。

結局、母はここの施設に約二年ほどお世話になりました。当初の一年ほどは決まった人が三人ほどで、代わる代わる来てくれました。この人たちは十分な経験を積んでいるようで、しっかりしたヘルプ内容でした。ここら辺りまでの母は元気で、毎日の生活をエンジョイしている様子でしたが、この後の一年余りの母は、悲運に見舞われます。

先ず、この頃から来てくれるヘルパーの人たちが替わりはじめたのです。こう目まぐるしくヘルパーが替わって、果たして横の連絡は十分取れているのだろうか……。私は人が替わる度に不安を感じました。

そのわけは、母の右肩の事です。通常看護も介護もこのような注意事項には、十分な配慮を守り合って、対応してくれているようですが、それにしてもこのように人が頻繁に替わると、心配になります。

ヘルパーさんの中には新人さんも来ていると思います。

私は転ばぬ先の杖という事もあるので、テーブルにノートを広げて置き、大きい字で、初めて来られたヘルパーさんに、「お願い。母の右肩は骨折しています。絶対に手を触れないよう、注意をお願いします」

と、こう書いておきました。

こうして、俄作りのような、その日その日をなんとか遣り繰りしているような状態が続きました。

ここの施設の事は前述したように、新しく出来たばかりで、人材不足なのか、優秀な指導員がいないためか、ケア全般のレベルが低く、職員の定着も悪いようです。

ある時など茶髪のヘルパーさんが来ていました。私は髪の色など何色でもいいのですが、案の定、満足なヘルプが出来ません。母がテーブルに座って食事をしていると、私と母の側に座って、母が食事をするのをじっと見ているだけで、介助一つしません。時間が来ると、さっさと帰ります。

そうかと思えば母の介護など、そっちのけで、私の事に気を使ったヘルパーさん、私は元気だから大丈夫ですよ。それならいいのですけど、このヘルパーさん、私の所に何しに来たのか……、母の介護に来たのではないのか……、指向錯覚も甚だしい。

と問いただしたくなりました。

また、こういうお粗末な例もありました。

「目薬をさすのは、医療行為になるので、させません」と言って、さしてくれなかったヘルパーさんには呆れました。

目薬ぐらいなら私でもさせるのに、つまらない決め事にとらわれて、肝心の介護される母への心遣いなど、まるで考えていない。この大馬鹿者め。この形式だけの介護に、私は市立の所長さんに電話を入れ、目薬をさしてくれない件について問い合わせてみました。

するとこの所長さんからは、目薬をさすのは医療行為にはなりません、という返事が返ってきました。市立の所長さんは、「私の方から、そのヘルパーに電話を入れておきます」と言ってくれて、その後電話をしてくれたそうです。

そのためか、後日、施設の職員の人が私の所へ謝りに来ました。

今回のヘルパーさんの行動は、決められた事をただ頭で覚えているだけで、何が医療行為になって、何が医療行為にならないのか、そのあたりの介護の肝要をしっかり勉強していないため、このような事が起こるのです。

市立の所長さんのように、その辺を認識されている方なら、目薬をさすのは医療行為になりません、と言えるのです。

介護する方、される方、この二者の間には因果関係が生じます。原因と結果です。こうなったのは、何が原因だったのか。その原因を徹底して追及し、結果、つまり対処方法を出します。

悪い結果が出れば、皆んなで、よく考えて、直していけばいいのです。

特に介護のような仕事は絶えず、この繰り返しだと思います。

ここの施設でおこったもう一つの不祥事がありました。それはデイサービスのことです。デイサービスとは、一週間に一度、送迎して、昼食、入浴の世話をしてくれることです。

母は、このデイサービスに行って、施設で一日、どのような過ごし方をしているのか……。

実際に私はこの目で見たわけではないので、わかりませんが、このデイサービスに行った日に限って、私が仕事から帰ってくると、嘔吐していたり、三十九度前後の熱を出してウンウン唸っていたり。それでも、はじめは様子を見ていたのですが、同じようなケースが二度ほど続き、三度目には、私が帰ってみると母が家におりませんでした。

すぐ、施設へ電話を入れると、「郷さんは調子が悪そうなので寝かせています」、という返事。

私は急いで施設へ向かい、母を引き取って、そのまま病院へ駆け込むと、

「軽い肺炎です。すぐ入院して下さい」

老人養護施設という名が付いている以上、私はお年寄りを庇い、養護するの

が本来の姿だと思いますが、それなのに病気を作るとは……。

第一、母が可哀相です。デイサービスに行く度に、このような目に遭わされたら……。それ以来きっぱりとデイサービスは断りました。

年寄りを庇うのは大変難しいのです、その辺がまだよく把握できていないようでした。これが入院ともなれば事の次第は不穏です。

ここの施設を利用している人は、施設に入居している人、そして私の所のように、介護サービスを利用している人を合わせると、相当の人数になると思います。今回デイサービスで母が被った事態は、母一人だけでしょうか。私はとてもそうとは思えないのです。

母の他にも、なんらかの状況で、ひんどい扱いを被っているお年寄りがいるかもしれません。施設の現状などはわかりませんが、利用されている方たちは、総てお年寄りです。出来れば施設内に医者の一人も置いて、絶えず万全の態制で監視の目を絶やさないで臨むぐらいの姿勢がほしいものです。

その3　老人福祉課

私は今回の事態を重く感じ、仕事を休んで市役所の老人福祉課へ足を運んでみました。

福祉課へ行った私は、今現在の母の介護の状況について、ご相談したい事があり、話を聞いてほしい旨、伝えて暫く待つと、若い職員が私の前に現れたので、私は、率直に今回のヘルパーの件、デイサービスの不祥事の件などを話しました。そして施設そのものの介護レベルの低さとこれらの事実を、一気に捲し立ててみました。

私の話をただ、黙って聞いてくれていたので、私の話した苦言に同調し、意を酌んでくれているのかと思っていたら、とんでもない、跳ね返しになって返ってきました。

その若い職員は管理上の趣旨を単調に何度も繰り返し強調するだけで、私の訴えなどまったく理解しようともしませんでした。とにかく大事な母をこのような施設に任せておくわけにはいかないので、変更を何度もお願いしてみたのですが、この職員は、郷さんの所だけ特例を設けるわけにはいかないという事でした。この特例というのは、今お世話になっている施設に替わる前の施設の事です。私は前の施設に替えて下さいとお願いしたのです。

職員は、「いや、福祉課としては、そのような事はできません。それにここの施設での苦情など、今郷さんに聞いたのが初めてで、他からはここの施設の苦情など聞いた事がありません」と言う。

私が今日ここに来たのは、施設で何かと不適当な事をしているという事態を市役所の職員の耳に入れておこうと思って、わざわざ来たのだから、素直な聞く耳を持って下さい。施設での苦情など聞いていないのではなく、聞こうとする耳を持って下さい。一日中机の前に座っているだけではなく、自分から施設へ出向いて行き、施設の現状がどんなものか、今どういう介護状況になっているのか。自分の目で確かめるのも一つの方法だと思います。

お年寄りに実際にいろいろ話を聞くなり、ヘルパーさんに話を聞くなり、労をいとわず、出掛けて下さい。あなたがたは老人福祉課の職員なのですから。せっかく仕事まで休んで来ているのだから、言う事ぐらいは全部言ってやろうと思い、言ったのが悪かったのでしょうか。

不穏な事態になり、別の職員が見るに見かねてか、課長を呼んで来て、課長が間に入り、その課長から「事の次第を我々もいろいろの面で検討してみますので、今日のところは、一先ずお引き取り下さい」、そう言われると、躊躇しながらも引け時もあると思い帰ってきました。

その後、十日経っても、半月経っても、福祉課からはなんの連絡もありませんでした。

なんてことはない、仕事まで休んで行ったのに……。私は母の事も気になりますが、施設を利用している多くのお年寄りの事も大変気になります。任せておいて大丈夫だろうかと……。

日本介護福祉学会常任理事の沖藤典子さんもホームヘルパーになる本の中で、

おおもとの厚生省（現・厚生労働省）の福祉課の課長だって、ほんとうはホームヘルパーの経験者がなるべきなんですよ、冗談じゃなくて、そういう時代になればいいと思うというような事を書いておられました。

私もまったく、それには同感で、福祉課の職員などはヘルパーの研修ぐらいは体験すべきだと思います。そのようになれば、私のように苦情を言いに行った場合でも、対応の一つも違った展開になると思います。少なくとも私のように不安感を抱かずにすむのではないでしょうか。

その4　お風呂

こうして、デイサービスを断ったのは賢明な選択だったと思っていますが、困った事に、母をお風呂に入れてやる事ができません。家にも風呂はあっても寝たっきりの年寄りを、果たして私一人で入れてやれるのだろうか。いろいろ考えたあげく、思いついたのが、病院、そうだ、病院へ行って、聞いてみよう。

あすこの病院は、母がよく行く病院だから、ひょっとすると、風呂ぐらい入れてくれるかもしれない。早速病院へ行ってお願いしたところ、病院は銭湯じゃないと、あっさり断られてしまいました。

アカンか……。なんとか、家の風呂に入れてやるしか、方法がないのか。浴室へ行って浴槽の深さを測ってみると、約六十センチ。この深さに母を抱えての、出し入れは、やはり無理のようです。

病院でも施設でも寝たっきりの人を入浴させる場合は、それなりの設備を備えているようです。お金さえ出せばリフォームをしてリフトも付ける事ができますが、私にはそのお金がありません。全般に介護用品は高価のようです。

さて母を浴槽に沈めるのには、母をできるだけ、浴槽の上の方に位置させれば、なんとか抱えての出し入れはできそうなので……。そこで考えついたのが浮き袋です。早速、私は子供用の浮き袋を買い求めました。

先ず、袋に空気を入れるのですが、家に空気入れがありません。当時私は運送屋に勤めていましたので、トラックのタイヤに入れる空気入れで何んとか空

気は入ったのですが。私がこの浮き袋に空気を入れていると、仕事の仲間たちが集まってきて、

「今の時期そんな子供用の浮き袋、何に使うねん」皆んな口々にそう言います。

私は「彼女を乗せるねん」と答えると、皆んなはえー彼女、皆んな口々にそう言って、よけいわからなそうな顔つきになり、私は事の次第を話すと、皆んな口を揃え「郷さんは親孝行でえらい」と言われたので、「えらいかもしれないがひんどいわ。皆んなも親孝行してや」と返しました。

やっとのことで空気の入った浮き袋を持って帰り、早速風呂を沸かし準備を整え、母にお風呂に入りますよ、と声を掛けると、母は渋い顔をしています。母は風呂が嫌いなのです。

「ねー、浮き袋に乗って、入いんのよ」と言うと母は妙な顔つきになりました。

浮き袋を湯面に浮かせ、母を抱えて、浮き袋に母のおしりを乗せようとするのですが、これがまったく乗りません。私は母を抱えているため、私の目からは浮き袋が見えないのです。難儀やなー。

苦心の末、なんとか、乗せた事は乗せたのですが、母が軽すぎるのか、浮力が大きすぎるのか、まったく湯船に沈まないのです。

私がちょっと手を緩めたスキに母が横転しそうになり、これには慌てました。母は、ほとんど湯につかっていませんので、汗一つかいていませんが、私の方は汗ぐっしょり。どっちが風呂に入ったのか、これではわからないくらい……。

それから、沈めるための工夫もいろいろ考えたのです。浮き袋は危険を伴うという事でこの方法はやめました。名案が明暗になりました。難儀やなー、沈めるとなると金属しかありません。鉄は錆が出るからだめです。いろいろ思案していると、ありました。私がヘラ釣りに使っていたアルミ製の台がありました。これなら、軽いし沈むし、それにこの台は足の長さが調整できます。ただ少し台の面積が大きいので、台の先端を将棋の駒のように縮める加工をしました。縮めた部分から母の足が浴槽の底まで伸ばせるという、はからいです。

後は湯面は＝母の座高＋台の足の長さ、という事になります。これで私は成功に確信を持ちました。もう一度お風呂に入ろうか、そう、母に言うと、案の定あまりいい返事は返ってきませんでしたが、なんとか首をタテに振ってくれましたので、早速母を抱えて浴室へ行き、恐る恐る湯面に沈め台の上に座らせ、足も底まで伸ばし、肩も湯面で隠れて……。これが大成功でした。

ナセバナルか。

私はこうして、何度か母を風呂に入れてやることができました。入浴後も心配していた諸症状も見られず、湯上がりに用意したコーラを母はうまそうに飲んでいました。

その5　安静

未熟で慣れないヘルパーさんが来るようになってからは、確かに母の容体は日増しに悪化をたどり、ヘルパーさんが書いてくれるノートには、「今日もほとんど食べてくれません、お茶を茶碗に半分ぐらいなんとか飲んでもらいました」、このような文面が続いたのです。

仕事から帰っての私がノートを読むのを楽しみにしていることは前述しましたが、しかし今はまったく逆です。私が夜、母に食事をさせるため、車椅子に座らせると、母の頭は真っすぐになりません。前方にうなだれるか、後方にそりかえるのです。この状態に私は異常を感じました。とりあえず近くの病院へ連れて行きました。診察してくれた医者からは、すぐ入院して下さいと言われ、私はその晩は病院へ泊って、一晩中、母に付き添っていました。
明くる日、医者から渡された、入院診療計画書にはこう書いてありました。

ゴウ　フミ　平成九年十二月十九日入院　病棟ＩＣＵ
病名、心不全、症状呼吸困難。
治療計画　安静
推定される入院期間約十日
その他看護、リハビリ欄は空欄でした（原文のままです）。

治療計画欄に「安静」と書いてありました。安静でよければ家で毎日安静にしています。お金を使って入院する事もないと思い、看護婦さんにお願いして翌日退院させてもらいました。とても医者が書いた計画書だとは思えません。

　このような医者に多くの患者さんが診てもらっているのかと思うと、末恐しくなります。母が長年通院した、大阪市内にある大阪赤十字病院、ここの病院は母が長年通院した病院です。私は一人で行って、母の主治医だった先生に、これまでの母の状態を話し、相談してみたのですが、やはり入院は無理でした。この病院は、前以って予約をしておかないと、入院出来ません（現在は新しい病棟も出来ました）のでどうでしょうか。こまった私は、止むを得ず枚方市内でいちばん大きいと思われる病院を選んでやりました。暮も押し詰まった十二月二十六日の事です。

その6　計画書の違い

私は初めて行く病院には私個人の場合でも、母の場合でもそうですが、病院備え付けの問診書には別紙参照とだけ書きます。家で便せん半分ぐらいに過去の病歴、現在の病状などを書いて問診書に添えて窓口に二枚出しています。先生はちゃんと読んでくれます。

母の症状は診断の結果、相当悪いようです。

「すぐ、入院して下さい。病室ですが、郷さんの病状でしたら個室の方がいいと思うのですが、一日九千五百円です」

今さら、いやとも言えず、渋々お願いしました。病院によっては病気を治す、治さないは別として、お金だけは、きっちり取ってくれます。次に記すことは二十六日に入院したK病院での入院診療計画書です。

患者名　郷　フミ　平成九年十二月二十六日　病棟5病棟
主治医以外の担当者名　婦長の名前
病名・多発性胸梗塞　脱水　肺炎症状摂取飲水不充分なため脱水きたし呼吸器感染きたし危険な状態である。
治療計画　点滴水分　電解質　抗生剤
推定される入院期間未定
その他看護リハビリ　治療計画に基づき早期に脱水症状が改善し、呼吸状態が落ち着くよう看護援助を行います（原文のままです）。

一週間ほどで計画書を二枚得ました。二枚を比較してみると、おのずから、わかると思うのですが、病院によって、なぜこのような違いが出るのでしょうか。安静を主張した医師。危険な状態を主張した医師。同じ医者でありながら、なぜこうも極端に違う診断が下されるのか、安静を主張した医師は、何を根拠に安静を主張したのか、病状を見抜けなかったのか。だとすれば、あなたは医者としての資格を疑わざるをえない。患者を生かすも殺すも医者次第だ……。

私の機転で、早めに他の病院へ移したので、母は大事に至らずに済んだものの、今でもその事を思うと、背筋は寒くなります。

その7　注入食

積極的に治療を進めてくれたおかげで、母は三日ほどで元気を取り戻し、四日目の日など私と話などしてくれました。

私はこの時ぐらい医者をありがたく感じた事はありません。ほんとうに親子で安堵の気持ちに浸ったのでした。その安堵も束の間に崩れ、二つの悲痛な出来事が母を困苦させたのです。

母は口から物が食べられなくなっていました。母は個室から一般病室に移されていました。夕食時になって、他の患者さんに食事が来ているのに、母の所へは来ていなかったので、隣のベッドの付き添いに来ていたおばちゃんは気になったのか、「私、聞いてきてあげるわ」と言って、詰所へ走ってくれました。

直ぐ先生が来てくれて「郷さんは口から食事が出来ません。頭の中の食べるという神経がだめになっていますので、経口食にさせてもらいます」と言って鼻からチューブを入れて、経口食を流し込むのです。

先生の説明によればこれで十分、生命の維持は出来るのでしょうが、なんという事なのか……。年寄りは食べることぐらいしか楽しみがないのにそれをいとも簡単に奪い取るなんて、今まで考えてもみない事が突然起きると一瞬どう対処したらいいのか。何を考えてやったらいいのか。どうして食べられないのか。

食べる神経がだめになっているから食べられない？　果たして、そうなのか？

私はただ母の顔を見つめるだけで、母より私の方が悩みました。

なんとかしてやりたい。

長い間少しずつでも食事の介護を怠っていると、身体感覚が抑圧され、次第に情報を発しなくなる。即ち食べるという行為を忘れていくようです。これから看護婦やヘルパーの道を進まれる方たちは、このような問題をしっかり勉強される事が肝心要かと思われます。

年寄りに食事をさせる事は大変に難しい事なのです。忍耐と寛容を必要とします。それだけにまた大変大事な事でもあるのです。私の母がそのいい見本です。頭の中の食べると神経がだめになっているので、郷さんは物を食べる事が出来ませんと言うK病院の医師の説明がありました。

病院が替わって有沢総合病院で母の哀切から私にも何か食べさせてと言った願望がありました。母の願いを心温かく受け入れて心遣いのある主治の先生はみずから母に物を食べさせてくれました。先生の厚意ある気ざしは感動でした。これから先転々として行く病院でも、このような恩遇は得られるのか先見に疑問を感じてしまいます。

母は口から食物を摂取するだけで体力を維持していくのは無理のようで、鼻から入れているチューブは母の体から離す事は出来ません。これが大変ネックになっているようです。

病院を替える際は、相談員と以前の病院の話をするのですが、その時に有沢総合病院で受けたような恩遇などお願いすると、相談員はわかりましたとは言うものの、いざ入院してみると、そのような兆しなどまったく無縁です。それは冷たいものです。私を落胆させるだけでした。

これから先も母に物を食べさせたいという葛藤は続けます。

その8　誤嚥

レセプトの関係でしょうか。ここの病院でも三カ月が限度で、入院している日が残り少なくなったある日、私はいつものように母の様子を伺いに病院へ足を運びました。病院へ着いたのが六時頃でした。

母はいつもと変わりなく、元気そうでした。括っている紐を解いてやり、三十分ほど経った頃でした。

解いた左手が異様に震えはじめたので、その様子を見ていると、今度は、身体全体がワナワナと震え、すごく苦しそうです。

私は慌てて、ナースコールをして、容体を告げると、看護婦さんが飛んで来てくれました。先生にもすぐ連絡がいったようで、すぐ駆けつけてきてくれました。

看護婦さんも二人、三人と増え、母のベッドを取り囲み、母にそれとなく、声をかけてくれるのですが、母はベッドの上で体を左右に動かし、もがきます。震えている手を上に上げてみたり、看護婦さんが母の身体を押さえつけて、先生が聴診器をあてるのですが、原因がわかりません。

移動用のカメラでレントゲン撮影したり、個室へ移したり、先生が私を呼んで、一言うんーとうなずいて、「今晩が峠でしょう」

医者は〝峠〟と言えばいいのだろうが、こちらはそうはいかない。

個室に移って二時間ほどが過ぎ、その間私は苦しむ。母を呆然と見守るだけで、なんの手だても出来ない。先生のほうもその間、なんの手だてもしてくれず、このまま母の死を待つのか。

私の頭の中は混乱と苛立ちで、この先、何を考えてやったらいいのか。

その時です。母がまた変に体を動かしたのです。すぐ先生を呼びました。先生も看護婦さんを伴ってすぐ来てくれました。そこで初めて、原因が誤嚥であるのがわかったのです。

口から鼻から管を入れて、先生は夢中で取ってくれました。

吸引した痰を入れる大きな瓶に、四分の一ほど取れたでしょうか。

母は四時間余りも苦しんで、やっと苦しみから解放され、死んだようになって寝入っていました。

なぜもっと早く気付かなかったのでしょうか。

四時間もの間、医者は何を考えていたのか。母は大事には至らなかったので、医者への不信などこの際問わないまでも、なぜ誤嚥になったのか……。

看護婦さんの証言でわかりました。その日、母をお風呂に入れてくれたそうです。その際、母を異常に動かしたためか、胃に溜まっていた注入食が、逆流して気管に入ってしまったようなのです。

これは当然病院側の手落ちです。母が大事に至らずに済んだので、看護婦さんから、事の成り行きなどが聞けたわけですが、もし最悪な日に遭っていたら、果たしてその真実は聞けたでしょうか。

とにかく母の気丈さには頭が下がる思いです。主治医の先生も病室へ入ってくるなり、郷さんはしっかりしていて、シンが強いというお褒めの言葉をいただきました。

私は喜んでいいのか、それとも誤嚥事故の見返りか。

二つの悲痛な出来事を、母の持ち前の気丈さで克服し、母は元気にしています。ここの病院も四月半ばに退院しました。

次に行った病院が同じく枚方市内にある有沢総合病院です。

その9　私にも何か食べさせて

有沢総合病院へ来た時点では、母はまだ元気でしたので、これと言って、心配事もなく、ごく普通の入院生活で四カ月ほどお世話になりました。

母の主治医になって下さった先生は、女の先生です。

先生は病気の事に関しては大変厳しく、別の一面では心の優しい実直のある先生です。

初診で先生は、「確かに心臓が悪いようです。心不全があります。それと右肩がはずれて折れてますので、整形外科の先生とも相談してみました。何処から骨を取って移植手術が出来るそうですが、郷さんは何分お年ですからね。整形外科の先生も、出来ればこのままのほうがいいのではという結論になって、手術は止める事にしました」

初診の際、先生は母に名前を聞いたそうです。

「おばあちゃんお名前は」

母は、「郷フミです。お年は四十八です」

先生は、唖然として「お若いわね」先生が後で私に言ってました。

お年はって聞いたら、四十八って言ってたわよ、の先生の話に、私はえーあのバーさん、サバのよみすぎや。なんで四十八なんや。後で聞いてみないとアカン。

母の右肩がはずれていたのは知っていましたが、折れていたのは知りませんでした。第一折れていたら痛みを感じると思うのですが、母の口から肩が痛いという事など一度も聞いていません。痛いという神経がどうにかなってしまっているのでしょうか？

母を一般病室へ入れてやりました。病室が狭いせいか、ベッドとベッドの間隔があまりありません。隣の患者さんの状況が手に取るようにわかります。

隣のおばあちゃんは何か苦痛があるようで何かと嘆きます。それを聞いていた母は、動かない身体をなんとか動かして、隣のベッドのほうへ振り向いて、隣のおばあちゃんどうしたの、と声をかけていました。母は気を使っていたようです。

それから数日過ぎたある日の事。いつものように仕事から帰り病院へ足を向けました。母の側に着くと周りの患者には食事が運ばれていました。母は寝ているので周りの患者さんの食事風景など見えませんが、食べ物の匂いでわかるのでしょうか。私と目が合うなり、「私にも何か食べさせて……」

私は側にいた看護士さんと顔を見合わせました。私はすぐ先生に伝えて下さいと看護士さんにお願いしました。わかりました、伝えておきます。

母に、今看護士さんにお願いしたからね、と言うと母は首をちょこと下げてありがとうね、のしぐさ。前の病院ではこの件で婦長とケンカまでしたぐらいなので、母の口から物が食べられる事には、私も半信半疑でした。

翌日病院へ行ってみると、看護婦さんが私の所へ走ってきて、「先生がゼリー状の食物をご自分で買ってこられて、郷さんに食べさせていました」

私はそれを聞いた時はほんとうにうれしかったのです。早速、母に食べた感想を聞いてみました。

「先生が食べさせてくれたんだってね。おいしかった?」

母は笑みを浮かべながら「おいしかった」母の声が返ってきました。

自分の舌で食べ物を味わうのは何カ月ぶりになるのでしょうか。その間食べたいという意思は起きなかったのか、起きてもじーっと耐えていたのか。その真意はよくわかりません。とにかく不運な人です。

母は注入食後はあまり食べてくれません。満腹感のせいでしょうか。その辺は看護婦さんもよく心得ていて、私が来るまで注入食を入れずに待っていてくれます。私は多めに買ってきて、詰所の冷蔵庫に入れてもらっています。

私が病室に入ると、看護婦さん「今日はプリンにしましょうか」と冷蔵庫からプリンを出してきてくれます。私はこの食べる事については再三書きますが、食べさせてくれない病院、有沢のように食べさせてくれる病院。これは単に病気との関連ではなく、先生、看護婦さんの優しい思いやりのある配慮に他ならないと思います。

私たち親子はここ有沢総合病院には感謝の気持ちでいっぱいです。しかし、ここ有沢もまもなく退院しなければなりません。このまま家へ帰れるわけでもないし、また面倒な病院選びをしなければなりません。

今の私の心境としては、どうしてもこの有沢総合病院の厚遇が頭から離れません。家の近くにある病院で、まだ一度も行った事のない病院を選んでみました。ひょっとすると、あそこの病院なら、と思う下心がありました。

今は、母の病状より、食べさせてくれる病院の方を優先してしまいます。しかしこれがまた大変な失敗でした。私は母が今までお世話になった病院の中で、もっとも疎略な悪い病院を選んでしまったようです。

その10　体液逆流

自宅近くの病院に入院してから、退院するまで、主治医の先生が決まりませんでした。医者は一人しかいないのでしょうか。治療計画書もくれた事はくれたのですが、字が乱雑でとても読めたものではありません。私がこの病院へ来て、いちばん心配し、悩んだのは注入食の件です。

有沢総合病院の使用した種類と違うものを入れたためなのか、体内に入れた注入食が逆流してくるのです。

多い時は、大きい瓶にいっぱい溜まります。他の病院でこのような事態になった事は一度もありません。

はじめはびっくりしました。出ていて大丈夫なのか。それとも支障があるのか。そのあたりを看護婦さんを通して、先生に具体的に説明してもらえるように、再三お願いしても〝馬耳東風〟と言うのか、〝馬の耳に念仏〟と言うのか。はたまた医者がわからないのか。医者が説明出来ないという事などありうるのか。

ほんとうに困り果てました。こうなれば、具体的に説明してくれる医者に聞くより方法はないと思い、一日外出許可を取って以前、お世話になったK病院の主治医に打診してみました。

前述したとおり、この時ぐらい医者をありがたく思った事はないと書きました。そして、母を連れて外来で来た今、医者ぐらい非情な者はいないと思いました。K病院へ着いたのは午前九時を少しまわっていました。ここの病院も外来患者は多く、二~三時間は待つ覚悟をしていましたが、「郷さん」と看護婦さんに呼ばれたのは、なんと夕方近い四時をまわっていました。七、八時間も母は廊下で待たされたのです。周りの人が気を使って、私どくから長椅子に寝かせてあげなさい、と椅子にかけていた人たちが皆んな、あけてくれました。やっと呼ばれて診察室に入っても、ろくに診察もしません。今、手紙を書くからこの手紙を渡して下さい、と言うのです。なんで液が逆流するのか。それを聞きに来たのに、それに対してなんの説明もしてくれないのです。なんという醜態や意に介せず、母にとってもつらい一日だったと思います。

その11　病院から逃げ出す

Ｋ病院の外来から帰って、二、三日様子を見たのですが、依然病院の方からはなんの説明もありません。

こうなったら紹介状を書いてもらって、この病院から逃げ出すより手だてがないのか。ひょっとしたら、母に物を食べさせてくれるかもと思う、ささやかな願望も、今はどこかへ吹き飛んでいってしまいました。

今は一刻も早く、この病院から逃げ出す事で頭がいっぱいで、とりあえず婦長さんに話を持っていきました。すると、婦長さんは「わかりました。先生にお願いしておきます」

私は、まだ入院期間が十分あるので退院の話がこじれるのではと思ったのですが、案外すんなりいきました。

「転院先の病院は決まったのですか」婦長さんの問いに私は、「はい。老健に入れてやるつもりですけれど、まだベッドが空かないようで、いずれ老健の方から連絡が入ると思いますので、それまで母をここに置いてやって下さい」と婦長さんに頼みました。婦長さんはわかりました。

その12　老人保健施設（老健）

老健に予約してから十日ほどでベッドが空き、老健への転院の運びになりました。

老健ですので、七十歳以上というふれこみにはなっているようですが、けっこう若い方も入院されてました。

ここの病院は、他の病院と違って、三カ月で出すような事はしません。長期入院を歓迎しているので、三カ月で出される事はないものの、お金の方が三カ月分しかありません。それぐらい入院費用が高いのです。枚方市内でもお金持ちの病院として有名です。私もなんとか頑張って半年ほどお世話になりましたが、なんせ私は安月給であり、お金に余裕はありません。

それと同時に婦長の裏切りもあって、前の病院同様、半分逃げ出す格好になりました。この病院は保険証を持っていって、大部屋に入って月に十七万円ほどかかります。他の病院の倍はかかります。

そのかわり保護者の手は一切かかりません。それはそうだと思います。それにしてもこれだけお金がかかっても予約しないと入院出来ないのですから、皆さんお金持ちだと思いました。

ここの病院でも医療計画書はいただきました。他の病院から診ると新たに低酸素血症尿路感染左脚ｂＬＯＵＫ、軽い肺炎等の疾患が診られたようですが、母は比較的元気でした。

確かに尿は濁っていました。肺炎にもなっていたようです。前の病院で何をしたかわかりませんが、どうやら病気を作ってくれたようです。

徹底した治療を進めてくれた甲斐があって、肺炎も治まり、尿もきれいになり、心配していた体内から出ていた液も止まりはじめました。

ただ血中のO_2が少し足りないようで、簡単な酸素吸入をするようになりました。

とにかく体液が止まってきたことは私たち親子にとって大変ありがたい事です。では、なぜ体液が出たのか。出した病院からは、出した原因については残念な事に、最後まで聞けませんでした。医者の看板降ろしてもらおうか……。

医療ミスで尊い命を奪う病院や営利目的で、しなくてもいい手術をする病院。医療過誤でありながら平然とする病院。反面明るくヒューマニティあふれる病院もあります。こうして見ていくと病院百態ともいうのでしょうか。様々な病院の中でどの病院を選んだらいいのか難しい問題だと思います。

病院へ行く前にぜひ目を通してほしい本があります。『医者がすすめる専門病院』（ライフ企画社）と八尾総合病院の院長である森功先生がお書きになった『診せてはいけない』（幻冬舎）です。特に森先生の本は、頻繁に起きる医療事故や病院のモラルの問題等をシビアに指摘されています。

森先生は著書の中で、患者はもっと賢くなりなさい、とも指摘されています。私も同感です。病気になったら医者にまかせておけばいい、はもう昔の事です。

人間の体の中になぜ血が流れているのか。血は体の中でどのような働きをしているのか、ぐらいは勉強する必要があると思います。

それだけ血の病気は大変恐いのです。

最近よく耳にする言葉に「インフォームド・コンセント」があります。これは医者が患者の病変を的確に把握し、医者と患者が一体となって病気を治す。このようであればインフォームド・コンセントもめでたし、めでたしなのですが。

また、自分の病院では手に負えないので他の病院を紹介する手段を取るならば、その医師には良心というものがあると思います。

医者は病気を治すのが仕事です。病状もはっきり把握出来ない、したがって治療も行わず、ただ病院へとどめておく。このような患者さんを私は実際に目にしています。

患者さんの病気は治らないのではなく、医者が治さないのかも知れません。アメリカほど医学が先進的な進歩を遂げている国も少ないのではないでしょうか。セカンドオピニオン（後述）なども一般化しているようです。

看護婦さんの中には医者に相当する優秀な方もおられるそうです。

森先生のお書きになったご本の中から、二〜三取り上げてみようと思います。なんと言っても医者の資格制度です。

アメリカでは二年に一度の割合で更新しなければならないそうです。日本の場合は、一度資格を取ると、一生更新は不要です。

次に医者になるまでの教育課程ですが、日本の場合は高校を出てお金があればすぐ医大へという事のようですが、アメリカの場合、高校を出て一般の大学で三年間勉強し、医者を志す者は医大へと進むそうです。

勉学の内容にしても日本の場合は、講義が主なようですが、アメリカは臨床が主にしています。ですから日本の場合、講義中に居眠りをしていても医者になれるのかも知れません。

この居眠りの件は私の考えです。

森先生が言われるように、日本の医療界の現状は、アメリカの足元にも及び難いほど、遅れをとっている事は事実のようです。この低迷している日本の医療界は救えないのでしょうか。医学と言えば頭脳明晰の塊のような人が学ぶと思うのですが？

次にセカンドオピニオンについて述べたいと思います。これは一人の患者に複数の医者があたるという制度です。このセカンドオピニオンについては、東京練馬区にある、結城クリニックの結城先生が『カルテとレセプトがわかる本』

（西村書店）というご著書の中で書いておられます。

今、かかっている、医者のデータを他に公開するという事になります。そこで結城先生は、日本人の場合は、このような人間の感情が微妙に絡む問題で手持ちのデータを快く公開出来るか、と先生は指摘されています。アメリカ人はそのあたりをズバリ割り切って考えているようです。

この制度はガンのような重篤な疾患には、大変威力を発揮するそうです。日本人の場合、アメリカ人のように、割り切って患者の命が救えるなら、割り切って救ってほしいと思います。医者が自分の力に限界を感じたら、他の力を借りるのは当然です。


今、母がいる病院では患者さんの病状に合わせて、病室を替えていきます。重篤な患者さんはＩＣＵ。重い患者さんは２０８号室。２０８号室は詰所の前にあります。

母もはじめは２０８号室へ入りました。病状が回復するにしたがって、２０

7から三階へと移り、それ以上、上の階へは行けませんでした。行けません、というより、逃げ出しました。

２０８号室に入った時の事です。隣のベッドにまだ若い娘さんが入院されてました。

年齢は推定で三十~四十歳ぐらいでしょうか。脳に病変を病んでいる患者さんで、お母さんが毎日来られていました。

そのお母さんに話を聞かされました。娘さんが泣くそうです。その泣き方を見て、痛いのか、苦しいのか、悲しいのか、見分けるのだそうです。二度、三度と手術を試みても、今なお、この状態です。でも私たち親子は決して諦めていません。病状回復が一％でもいいんです。私たち親子はその一％にかけています。いつか治癒する事を願って……。そのお母さんは涙ながらに私に話してくれました。

２０7号室に移った時も２０８号室同様に脳に病変がある患者さんが入院されてました。こちらの患者さんはご主人で、母よりも若い六十歳前後の方です。

奥さんが毎日来て看病していました。２０８号室の娘さんの場合も２０７号室のご主人の場合もそうですが、家族の方が私に話してくれる内容は、どれも悲痛な話に集中していました。

これから何年、いや何十年と付き添っていく事を考えると、なんと言って慰め、励ましたらいいのか、言葉に詰まってしまいます。それでも、現代の医学はめざましく先進的です。百％治癒が望めないわけではないと思います。決して希望を捨てずに、側に付いて見守ってあげて下さい、と私はこの程度の助言しか出来ませんでしたが、心底お気の毒な方々だと思いました。

その13　婦長の裏切り

母の容体も何とか安定した日が続きました。病室も三階の病室へ移り、気持ちのうえでも大変楽になりました。

こうなると私の頭の中は母に物を食べさせてくれるのか、くれないのか。そのことが何よりも気になってきます。とにかく黙っていてはだめだと思い、恐る恐るお伺いをたててみました。

すると婦長は、やってみたけれどだめでした、と単調な返事が返ってきました。だめだったからと言われ、ああ、そうですか、と言って、引き下がっては、母はいつまでも食べることが出来ません。そこで今一度、婦長にお願いしてみました。一度やってだめでも、二度目にうまくいくかもしれないと思うので、今一度お願い出来ないでしょうか、と……。

婦長は、「わかりました。やってみましょう」と言ってくれたので、よろしくお願いします、と私は深く頭を下げました。

しかし、待てど暮らせど、一向に食べさせたという話は私の耳に入ってきませんでした。私は気になりながら、一週間が経ち、私は不実を感じ、婦長に会って率直に問いただしてみました。

すると、婦長は渋い顔つきで、そのような事をするとかえって脱水状態を起こして体が持ちませんよ、と逆に捲し立てられました。意外な婦長の弁解に私も腹の虫が治まりません。

（なにー、今一度試みると言ったから、俺は頭を下げたのに。なんということだ。毎日注入食にさせられ、食べる楽しみを失った母の気持ちがわかるか……このクソババアー）

婦長も注入食にすればいい。高給とって毎日うまい物食べて……。

私は遣り切れない気持ちになりました。この病院にいたのでは、母はいつまでも食べる事は出来ません。いっその事、母を連れて家へ帰る事を考えました。

暫くそんな事を考えていた時です。

看護助手のおばちゃんが私の側に寄ってきて、私の耳元でこうつぶやいたのです。

「お家へ帰ったらご飯食べられますよ」

私はこのおばちゃんに本音を聞いたような気がしました。とにかくここの病院から出る事にしよう。しかし母の病状を考えると、そう簡単に出られるのだろうか、患者の病状を第一に考える病院側としては、首をタテには振らないと思う。だからと言って、居たくない病院に居ようとは思わないし、出るにはそれなりのしっかりした理由を作らないと、まず無理だと考えました。

まず第一にお金が続かない事。この件については病院側もある程度は考えると思うが、しかしお金がない患者には、すぐに出ていって下さいとは言わないだろう。病院側にも面子もあれば良心もあると思う。家へ帰れるしっかりした土台さえ出来れば……。言い換えれば、病院の状況をそのまま家へ移すような事が出来れば……。

果たしてそのような事が出来るのか。私の考えは少なからず無不別のようでした。確とした方法も見いだせません。

しかし、また病院選びをするよりは、家へ連れて帰る方がいいように思いました。なんとか家へ母を連れて帰れないだろうか。家は以前のヘルパーさんが来ていた程度で、なんの設備もないので、いずれにせよ難しい状況にある事は確かだ。しかしまったく可能性がないでもないと思う。短期間でやるのは無理だと思うが、時間をかけて準備をしていけば、なんとかなるのではないか、と私の考えが変わってきました。

まず、手はじめに有沢総合病院へ問い合わせてみました。有沢さんは訪問看護はやってませんの電話の向こうではいやっております。後で聞いた話ですけど、訪問看護が出来たばかりで、私の母が第一号の看者だったそうです。

これで一先ず、看護の件は目処が立ちました。有沢総合病院の訪問看護の皆さんには、不可能を可能にまで事を進めてくれたのです。

母が家へ帰れる事でなによりもお世話になったのはとりも直さず、有沢総合病院でした。

その14 マニュアル

訪問看護は一日置きで、毎日は来てくれません。では来てもらえない日の穴埋めをどう対処したらいいのか。これが大変な問題でした。当然、頼みは介護になりますが、今の母の状態では医療行為が出来る介護という条件が付きます。

前述したように目薬をさすのは医療行為にあたるので、させませんと言って、さしてくれなかったヘルパーさんの事を書きましたが、今回の場合は目薬どころか本格的な医療行為になるようです。法律に違反してまでも取り組んでくれる施設などあるでしょうか。

頭で悩んでいても、足を使わないとだめだと思い、施設巡りを試みたのでした。ところがどこの施設でも良い返事はくれません。心底困り果てました。介護の件が解決しないと母は家に帰れません。残された問題が解決しないまま、暫く時間が過ぎました。今の母の病状では、家で生活するのは無理になってきているのか。

母を自分の家で生活させるという事を考え出した私が少なからず無分別だったのか。

毎日いろいろの事を考えました。そうこうしているうちに私の所へ一本の電話が入りました。軽度の医療行為なら出来る施設が見つかったというのです。やはり救いの神はいたようです。私は早速、紹介された施設に駆けつけました。施

設へ着いて幹部の方に話を聞いてみると、

「私共は軽度な医療行為程度ならヘルパーに習得させています。これも人助けのためですよ。法的根拠の是非を問うよりも、要は人助けをして、人のためにお役に立とう。心に残る介護に心掛けられるよう、ヘルパー全員で頑張っています」

と、こんな応えが返ってきました。こういう施設にめぐり会えた事で私たち親子はほんとうに助かりました。これでやっと一歩も二歩も前進です。そして病院に対しても家へ帰るしっかりした口実も整いました。

早速、主治医の先生に話をしてみました。先生は渋々ながらも承諾をしてくれました。

これで母は家へ帰れると思ったのですが、これがまた大誤算……。母はまだ家へ帰れません。母が家へ帰るにはそれ相当の下準備が必要なのだそうです。私のような素人にはまったく考えてもみない事でした。そのための準備に力を貸してくれたのが前述した、有沢総合病院です。

主治医の先生、五病棟の看護婦の皆さん、訪問看護の皆さん。皆さんから受けた温かいご厚意は、私たち親子にとって、一生忘れる事はありません。母は老健を出て、有沢総合病院に約一カ月ほどお世話になります。私も含めて、私も含めてという事になると、なぜ私を含めてなのか？　疑問も感じます。しかし、これも病院の意向ですので、素直に受けとめ、仕事が終わるとすぐ病院へ駆け付けるように心がけました。母の病室へ入るとベッドの側に一台の機器が置いてあります。よく見るとO^2の発生器のようです。看護婦さんから「息子さん今、フミさんはこの機器を使ってO^2を取り入れています。フミさんがお家へ帰る際はこの機器もフミさんのお供をして行きます。

先生がこの機器の取り扱い方を息子さんに慣れてもらうため、早めに取り寄せてくれました。この機器の詳しい取り扱い方は後日、説明します。今はこの機器の側にいて、それとなく眺めていて下さい」と言われました。

「えー、ただ眺めてるの？　それ冗談やろ」と私。看護婦さんは笑いこけていました。

看護婦さんの仕事は毎日が緊張の連続です。私は看護婦さんの大変さがわかるような気がしました。五月の連休も近付き、会社も連休を利用して旅行へ行く計画を立てていました。私も行きたいと思っていたのですが、何分にも私を含めてがどうも気になります。だからといって病院へ来て私のやる事と言えば母の顔を眺めるか、機器を眺めるぐらいでこれと言ってやる事もないので、気晴らしに行ってみようと思っていたのです。

するど、会社の同僚も郷さん行かなきゃアカンぜ、と皆んな誘いをかけてくれました。母に聞いてみると、「あら、行っていらっしゃい」という返事です。私はすっかりその気になっていました。

私は自宅へ帰ろうと思い、詰所の前を通ると看護婦さんに呼び止められ、「息子さん、連休はどうなさいますの」と、聞かれ、私は少々言いづらかったのですが、会社で旅行に行くので行ってみようかと思っているのですが、と話をすると、看護婦さんは「旅行なんか行っちゃあだめよ」と言うのです。「ええ、なんでですか」と私が問うと、看護婦さんは十ページほどの小冊子、二冊を私の前に出して、「これは五病棟の看護婦全員で作った看護のためのマニュアルです。このマニュアルを使って、息子さんを休みの四日間特訓を行いますので、朝九時頃には病院へ来ていて下さい。夕方の五時頃まで看護婦が交代で、このマニュアルを見ながら、わかりやすく指導しますから息子さんにもしっかり勉強してもらいます。

息子さんが理解できないとフミさんは家へ帰れないのですよ。このマニュアルを持って帰って、全ページ目を通しておいて下さい。頑張って下さいね。だからとても会社の旅行どころではありません」

こうした看護婦さんの申し出に、私は会社の旅行などどこかへ飛んでいってしまいました。渡されたマニュアルを持ち帰って、全ページに目を通しました。文面の要所、要所に看護に必要な厳格さが指摘されています。このマニュアルは五病棟の看護婦さん全員で作った心の込もった大作です。この冊子が出来た時点で、先生に見てもらったところ、大変、いいものが出来ました、とお褒めの言葉をいただいたそうです。

「家庭介護の手引き」

〜これから家庭でお母さまをみられることになり、大変だろうと思います。
この手引きを参考に頑張ってください。　　　　　５病棟一同〜
Ｈ１１・５月

看護のためのマニュアル（看護婦さんたちの力作）

一方私の方ですが、マニュアルのとおりにやらせられると、これは相当ひんどくなるのを覚悟しなければなりません。半分泣きたい気持ちです。でもそんな事は言えません。以前と違って、現在の母の病状は厳しさを増しているようで、それでも私は母を家へ連れて帰りたい。そんな私の身勝手な態度に先生も看護婦さんも全面的に協力をしてくれた事です。

私は今までに幾つかの病院を巡り歩いてきましたが、このような恩恵を受けたのは有沢総合病院だけで、他にはありませんでした。どこの病院でも、なかなかそこまではやってくれません。それだけに、有沢総合病院の存在は貴重に感じました。

このように感じるのは私だけではないようです。他の患者さんの家族の方からも同様の感想を耳にしています。

人の出来ない事をする。出来ない事を率先してするという姿勢は大事ですし、意義のある事です。普段から心掛けを大切に考えているから、出来る事だと思います。

故事の中に私の好きな一説があります。

青は藍より出でて藍より青し――人間努力すれば向上し放っておけばだめになるという意味だそうです。

なぜか五病棟の看護婦さんたちにあてはまる思いがしました。

ここで一冊の本を紹介したいと思います。『ウソのない医療』(風媒社)で、この本は名古屋にある協立総合病院の事が書かれており、この病院には患者会連合会という会を作っているそうです。この会が編者になって出した本です。

ここの病院ではガン患者が知る権利を重視し、医療者と患者の信頼を深め、ウソのない医療を先進的に取り組んでいる病院だそうです。

病院と患者、医者と患者相互の心の交流を介して綴った本がウソのない医療という本です。

五月の連休も近付き、待ちかねた特訓がいよいよはじまります。

私は九時前に病院へ行き、看護婦さんの来るのを待ちます。「おはよう」と元気な声で看護婦さんが来てくれました。私は、よろしくお願いします、と頭を下げ、母のほうを見ると母は知らん顔をしてます。

(俺はお母さんのためにひんどい目をしなければならないのに……)

私は手を母の頭に乗せて、頭を下げさせました。「ねー、行きたい旅行もやめて、これからお袋のためを思って、いろいろと勉強するんだよ」

すると母は、私を見つめながら小さな声で、「悪いわねー」という返事が返ってきました。私はこの言葉を聞いて、少しはやる気が出ました。

まず最初は、酸素機器の取り扱いからはじめます。マニュアルにも詳しく書いてあると思いますが、機器から出た太い管はフィルターに入ります。フィルターの中には精製水が入っています。O_2は精製水の中を潜り、フィルターの出口から出てきますが、この出口の所で管は細くなります。その細い管の途中に一センチほどの短い管が二本出ていてその短い管を母の鼻に入れて、テープで固定します。

ここで注意することは、テープが剥れやすい事とよく詰まります。詰まった

体の状態をみてみましょう

①声をかけると

いつものように反応されますか　反応するのですが しゃべってくれません

②顔色はどうですか

唇の色はどうですか

唇は大事

③ゼイゼイ、ヒューヒューと

いってませんか　ゼンソク病患

④肺の音を聞きましょう

ギュウギュウバリバリなってませんか

気管支で音を聞く

⑤おなかは張ってませんか

便は出ていますか　無

夜は8時頃に尿をあける

⑥尿は1日1回捨てましょう　夜にあける

500 CC以上でていますか

尿は時間毎に出ている量を調べましょう

（昼はヘルパーに記録を依頼されるのもいいですね

尿は濁っていませんか

尿の袋は体の位置より高くしない

ミルキングで尿の流れをよくする

⑦指先、足の先の色はどうなっていますか

爪の色は、ピンクですか

一日2回便あり

⑧体温、尿量、便の状態、体の状態は

毎日記録されると情報がわかりやすいですね

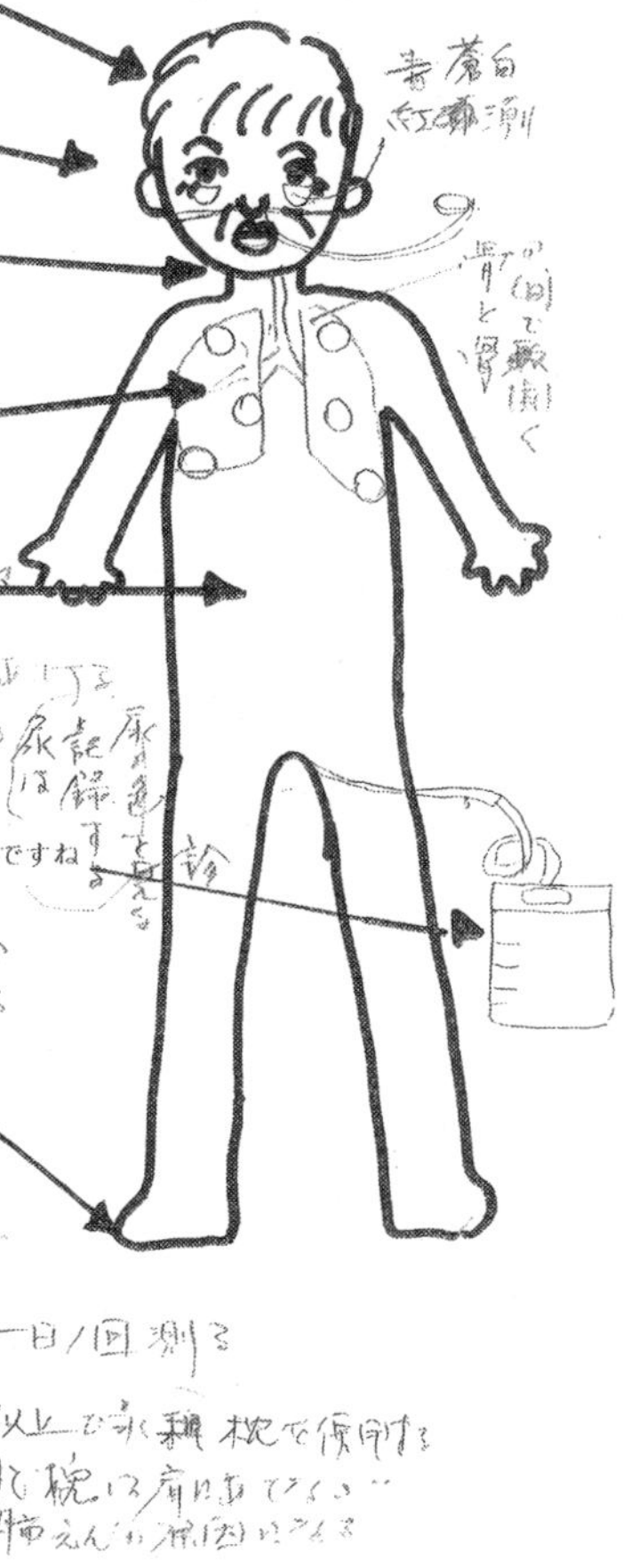

ラキソベロン 下剤
1日10滴を入れる

体温は一日1回測る

看護のためのマニュアルより

場合は、新しいのと交換して下さい。酸素量は先生の指示に従って下さい。

母はこの時点でℓ二・〇程度でした。あとは機器の中のフィルターの交換、精製水の交換を一週間に一度程度に容器の洗浄をして、太い管、細い管の交換もしくはその洗浄ぐらいで、この私にも容易に理解出来ました。

この機器を在宅で置く場合は、スペースと管の長さの許すかぎり、ベッドから離して置きたいところです。騒音が出てかなり耳ざわりです。

一日目はO_2機器の取り扱いと注入食の入れ方でしたが、注入食のほうは実際にやらず看護婦さんのを見ていた程度でした。一日目はこれで終わりました。

二日目からは実際に私がやる実習に入ります。まず聴診器を一本購入して下さいというので、一本取り寄せてもらいました。千円ぐらいでした。余談ですが、実際に医者が使っているのは四、五万円はするそうです。

聴診器は注入食を入れる際に使います。母の鼻から入れている管の末端注入食より反対寄りは母の胃の中に入ってます。末端の接続口に注入食を入れる場合、この接続口に注入食からの管を接続して、注入食を流します。もし管の先

吸引をしてみましょう

	5/3	5/5	/	/	/	/	/
＊吸引を始める前に							
(1)手を洗いましょう。		○					
(2)痰を取ることを告げましたか？		○					
＊吸引を始めましょう―鼻の場合―							
(1)まず、　　水を通します		○					
(2)圧が高くないか確認しましょう。		○					
(3)右手で先端近くを持ち、左手でチューブを止めておきます。わしきく後つける	○	○ その為に圧を止めて入れる					
(4)ゆっくり鼻の孔に入れます。	○	○					
(5)根元近く迄入ったら、左手を緩め、圧を調節しながら、吸引します。	○	○					
(6)チューブをゆっくり回転させながら引いていきます。	◎	○					
(7)一回の吸引は 15~20 秒位にします。待って	○	○					
＊　すぐ抜かない　―口の場合―							
(1)口の中が汚れているときは、先にガーゼで拭きましょう。	○	○ 口の中は体の中で一番汚れている					
(2)口の中に入れるときは、喉の手前迄にします。	○	○					
(3)同じところに集中しないでゆっくり回転させながら吸引しましょう。	○	○					
(4)取れないときは無理をしないで下さい	[illegible]	○					
(5)一回の吸引は 15~20 秒位にします。							
＊吸引が終わったら							
(1)拭き綿でチューブを拭いてから水を通しましょう	○	○					
(2)ビンをみて取れた痰の色や量を見ておきましょう。	◎	○					
(3)終わったことを告げましょう	○	○					
(4)楽な体位にしてあげましょう。	○	○					
(5)顔色が悪くなったり、もどしていませんか？		○					
(6)吸引チューブは消毒入りのビンにつけておきます。	○	○					

できた・・・◎
不十分・・・△
できない・・×

痰の色は白色が一番いいです

痰が貯まった時の聴診器の音をききたいと思います

端が胃に正しく入っていないと危険な事になります。そこで聴診器と空気を入れた注射器を使って調べるわけです。

調べ方は予め空気を入れた注射器を管に接続して、聴診器を胃のあたりにあてます。注射器を押すと空気が胃の中に入り、聴診器にズズという音が聞こえます。音だけで十分なのですが、もし不安ならば逆に注射器を引き、胃液が注射器の中に出てきます。ここまでやれば完璧だそうですが、看護婦さんに言わせるとそこまで必要ないそうです。

私のような聴診器を初めて使う者には、このズズがなかなか聞こえません。何回もやるので、母の胃の中は空気で満パイ。（すいません、どうも……。）

何回かやっているうちに慣れてきたのか、聞こえるようになってきました。慣れとはすごいものです。注入食（サンエット）は一袋が二〇〇ｋカロリーを一回に二袋入れます。四〇〇ｋカロリー。それに白湯を二〇〇cc入れます。これが母の朝食です。

昼は、白湯のみ三〇〇cc入れます。夜は朝と一緒です。母の一日の摂取量はエネルギー八〇〇kカロリーで水分が七〇〇ccです。サンエットは、人肌程度に温めてから入れてやります。落とす速度は点滴と一緒でゆっくり落とします。

この注入食について少し触れておきます。K病院から入れはじめて今日までで一年半ぐらいになりますが、はじめのうちは嘔吐もありました。しかし今はすっかり慣れて嘔吐もありません。長い間注入食で過ごしてきた母は、この注入食に関しては何一つ、苦情など言った事はありませんが、管を入れる事で相当の違和感があるようです。この管をすぐ抜いてしまいます。(私自身も胃の手術で管を入れた経験を味わいましたので、後述してみたいと思います。)そのため、母に抜かれないように、ベッドの棚に手を括ってはいるのですが、ベッドが水平ではなく、頭のほうを高くするため、三〇度の傾斜をつけています。母はその傾斜を利用するのです。手は括られて動きませんが、身体は動きます。「フミさん、また抜いたでしょう。もうーすぐ抜くんだから」と看護婦さんのぼやきは収まりません。

私は看護婦さんに「手は括られて動かないけれど身体は、動くから、身体をずらすんや」「えー、ずらす。ああ、そうか。頭つかうわね」と看護婦さん。

実はこの管を抜くと入れるのが大変なのです。母は一度だけこの管が口の中でトグロを巻いたようになった事もありました。医者でも、うまく入れられない医者もいました。ベテランの看護婦さんですと二、三分で入るのですが、そうでない看護婦さんは十～十五分くらいかけてなんとか入ります。

私は母の手がベッドの棚に括られているのを解いてやるために、毎日病院へ来ているのです。病院のほうでも私が側にいる時は、解いてやってもいいですよ、と言ってくれます。

私は母のベッドに着くとすぐ、紐を解いてやります。母は自由になった手で頭を痒いたり、目をこすったり、自由になった手でいろいろの動作をします。解いてやる時はいいのですが、帰る時はまた括らなければなりません。括る時の気持ちはなんとも搔き暗すほど切ない気持ちになります。また、明日来るからね、母にかけるこの言葉が唯一の救いになりました。これから先も母が生きていくためには、続けなければなりません。

私も胃の手術の際、鼻から管を入れられました。私はその時の苦痛と違和感はとても口では言い難いほど、ひんどいものです。

胃に酸が溜まり三回ほど胃の中に管を入れて酸を抜いたのですが、その時も先生とケンカです。先生はまだ溜まるから入れっぱなしにしておかないとアカンと厳しく言われましたが、先生が抜いてくれなければ自分で抜くからいいと捲し立てたほどです。

先生はブツブツ言いながら、なんとか抜いてくれましたが、今思うと母は二年近くも管を入れていたのです。何回も何十回も抜かれましたが、多分母もこの苦痛に耐えきれなかったのでしょう。

そこで医療関係者にお願いします。口から物が食べられず、経口食を余儀なくされたお年寄りが多々おられると思います。そのお年寄りの皆さんは少なからず、この苦痛と違和感に耐えていかねばなりません。私など体験者はその事を思い出すだけで鼻の周辺に不快を感じます。日本でも名医と称される先生方が多々おられると思います。今注入食で日々送られているお年寄りのためにも、この苦痛と違和感から解放してあげる事は出来ないものでしょうか。医療関係者の善処をお願いする次第です。

話を特訓に戻しますと、注入食は特別な袋に入れて看護婦さんが持ってきてくれます。

特に注意する点は、管が胃の中にちゃんと納まっているかの確認と落とす速度です。早く入れたい気持ちを押さえてなるべくゆっくり入れてやります。一時間から一時間二十分ぐらいで入れれば、ゆっくり入れたほうです。注入食のほうはいちおう目処が立ちました。

この日は午後から、口中の洗浄です。イソジン液をコップに入れた水の中に数滴入れます。今は口中の中を洗浄する専用の歯ブラシが売られています。T字型で毛も柔らかいようです。このブラシにイソジン液を付けて舌上顎をこすって痰のような物を取ってやります。母の場合、咳反射で痰を体外へ吐き出す事が出来ません。そのためか口中に痰がいっぱい溜まる時があります。そういう場合は、このブラシで取るときれいに取れます。看護婦さんもこのブラシに関しては一目置いてくれました。

口中の痰をブラシで取るのはそう難しい事ではありません。吸引器を使って管を口もしくは鼻から入れて咽頭付近にある痰を吸引するのが今回の特訓中、いちばん難しいようです。

管の先端を口鼻から少し入れるだけで、母は苦しさで顔をゆがめます。取れないからといって、いつまでも入れているわけにはいきません。喉元でゴロゴロしている時は取ってやりますが、思いつきでの吸引はやめるべきでしょう。ただし注入食を入れた後は取れませんので、注入食を入れる前に必ず取ってやります。

さて、明日はいよいよ痰の吸引です。うまく取れるでしょうか。痰を取る前にラキソベロンについて少々説明をします。ラキソベロンは便を出す薬で、小さな容器に入っています。その容器の胴の部分を指で押してミニコップに一滴、二滴と落とします。ミニコップに溜まった液を注射器で吸い取り胃に入っている管に注射器を接続して体内に入れてやります。

通常は十二滴、十三滴ほどですが、その日の便の状態によって変わります。あまり水便のようですと、その量を減らします。また出ないようですと、増やしてやります。

病院での便の処理は看護婦さんもやってくれますが、主に看護助手の方がやってくれていました。助手の方がメモ用紙に便の状態を書いてくれます。私はそのメモを見てラキソベロンの量を調整します。その日その日のラキソベロンの量を看護婦さんに報告しなければなりません。母の病状は少しずつでも進行しているのでしょう。もう自力では出ないようです。ですから母の便を出すも出さないも私の腕にかかっています。

(大丈夫ですよ。息子がちゃんとうまく出してあげますからね。)

昼食を済ませて、病院へ戻ると看護婦さんが待っていてくれました。

「さあー、痰を取りますよ」

看護婦さんは母に「フミさん痰を取るからね」母は「うん」とうなずいていました。

注入食を入れてみましょう

	5/5 ヒル	/	/	/	/	/	/
＊準備をしましょう							
(1)サンエットはよく温めてありますか							
(2)白湯は熱すぎませんか?	○						
(3)体調はいいですか?							
(4)くすりはそろっていますか?							
＊注入を始める前に							
(1)チューブが抜けていないか確認します	○						
(2)テープの固定が外れそうだったら、先に固定しましょう	○						
(3)エアーの確認はしましたか?	○						
(4)チューブの空気は抜きましたか?							
(5)接続部はしっかりつなぎましょう	◎						
(6)体位を整えましょう 30°〜40°ぐらい	△						
(7)抑制はきちんとできていますか?	◎						
＊注入を始めましょう	○						
(1)速度は適切ですか?							
(2)注入中変わりはないですか?	○						
(3)白湯は熱くないですか?	○						
(4)薬はよく溶かしましょう							
＊注入が終わったら							
(1)嘔吐や腹痛がないかよくみましょう	○						
(2)チューブの固定をもう一度みましょう							
(3)接続部を外し、クランプします	◎						
(4)体位を整えましょう	◎						
(5)パック内をよく洗いましょう	◎						

(6) パックはミルトンで消毒しましょう。

できた・・・◎
不十分・・・△
できない・・×

〜看護婦からのアドバイス〜

注入後の痰は取らない事
体交は注入中又は注入後はしないこと
サンエットを入る前に白湯200ccぐらいを先に入れる

〜質問などありませんか〜

看護のためのマニュアルより

痰を取る場合は、必ず本人に痰を取る旨を伝えなければなりません。相当ひんどい様子は、前述しましたが、苦痛の程度を知るために、五病棟の看護婦さん全員が体験してくれたそうです。看護婦さんたちは、口々に「痰の吸引は二度とやるものじゃないわ。痛いし苦しいし」と言っていました。私はそれを聞いて、五病棟の看護婦さんの医療魂というのか、看護魂というのか、切磋琢磨して只管看護に邁進する姿を見て、思わず頭が下がりました。

「息子さんも体験したほうがいいわよ」と看護婦さんに言われましたが、私はそんなひんどい事をやるだけの勇気がないので、断りました。

「そうそう。その辺まで入ったら、左手で折っている部分を緩めて。圧をかけるの。もうちょっと右手を上げないとだめよ。ほら入ったでしょ」

「あー入ったわ」

「その辺まで入ったら、指で左右にまわしながら上下にゆっくり揺すってみて下さい」

「ほら取れるじゃない」

「取れました」

「その要領よ」

母の歪んだ顔が少々気になりましたが、はじめてやったわりにはうまく吸引出来たようです。吸引した時点では管内に痰が溜まっています。管の先端を吸引瓶に入っている水の中に入れます。水を吸い上げます。吸い上げた水で管内の痰を吸引器の方へ押し流して、吸引器に溜まります。痰の色を確認します。白い色であれば正常です。

母の場合は痰に異常を示す色は見られませんでした。人は何か物事に集中していると時間の経過が早く感じられるようです。私にとってあっという間の三日間でした。

今日はいよいよ最終日です。担当は病院で唯一の看護士さんです。今までやってきた〝おさらい〟と衣服の着せ替え。清拭排泄、特にオムツの交換。オムツ交換は前にもやった事があるし、家へ帰れば訪問看護の人たちやヘルパーさんがやってくれるのでいいと思ったのですが、看護士さんは「だめだめ。マニュアルにちゃんと載ってるでしょう。マニュアルのとおりにやってください」

やってみると、なかなか思うようにいきません。その都度看護士さんの手助けを受けます。四本の手が母をあっちへこっちへと動かすので、試験台にされた母はいい迷惑だったでしょう。

男同士というのでしょうか。あたりかまわず入念な指導を受けました。今日で四日間の特訓は終わりました。私自身何か、わかったような、わからないような……。複雑な気持ちです。これで一先ず、母を家へ連れて帰れる手筈は整ったようです。後は先生の指示が出れば帰れます。

一年七カ月ぶりになります。母を家へ連れて帰る。ただそれだけの事で多くの皆さんにご迷惑をかけ、また応援もしていただき、身に余る厚意を受け感謝の気持ちでいっぱいです。私自身も頑張りました。でもこれで終わったわけではありません。

母が家へ帰ったら帰ったで、また別の気苦労が待ち構えています。母が生きてゆくためにはそれは不可欠です。そして、それを手助けするのが私の役目と言えます。

退院は五月の後半という事でしたので、その間せっせと病院通いをし、特訓で得た試練に添う事で、五病棟の看護婦の皆さんに少しでも恩返しが出来ればと思い、夜の注入食は私が入れる事にしました。夜食の時間は六時前後です。

その時間になると、特製の袋に入れた注入食を看護婦さんが持ってきてくれます。看護婦さんは病室に入ってくるなり、私に「痰を取りましたか」と尋ねますので、少しだけ取れました、と言うと「そう。ではこれをお願いしますね」と注入食を渡してくれます。

入れる時間は一時間ほどかかります。その間側にいてやればいいのですが、私も家へ帰ってやらねばならない事があります。母と看護婦さんに断りを入れて帰ります。洗濯物があれば持ち帰り洗濯機に放り込みます。その日のうちに干しておくと、翌日には持って行けますから。

仕事が早く終わったのでその足で病院へ行くと、看護婦さんが待っていてくれたのか。私の所へ走ってきて、「息子さん、先生が呼んでますよ」と言うのです。私は詰所へ走ると、先生は「まあ、ここへかけて下さい。二十四日の日にとりあえず帰ってもらいますが、医者の目から見ると、郷さんは家へ帰れる状態ではありません。皆んなで帰るために頑張ってきたのだから、とりあえず帰ってもらいますが、どこか悪い症状でも出ればまたすぐ連れてきて下さい。郷さんの病状は訪問看護婦によく伝えてありますので頑張って下さいね」

「わかりました。先生いろいろありがとうございました」

こうして平成十一年五月二十四日、病院を後にし、家路につきました。

その15　家路

母が家へ帰ってきても、家に十分な設備が整っていないと、母の生活に支障が出ます。支障が出ないように、私がコツコツと準備したケア用の物品がありますす。それを少し紹介したいと思います。

まず、第一にベッドです。以前のベッドは私が家のソファーを改造したシロ物で、全体が低く介護看護の仕事がやりにくいそうです。今回は医療ケアまでお手伝いを願う施設の方が役所まで足を運んでくれて、福祉課の人に交渉してくれました。

そのお陰で十分の一ほどの価格でベッドを購入出来ました。このベッドは背もたれと上下がボタン一つで動く最新のベッドが用意出来ました。

次に注入食を落とす器具です。病院のは天井からぶら下がってますが、家ではそれは無理ですので、パイプを買ってきて、私が作りました。

それから床ずれ防止用のマットですが、マットは買いましたが、マットに入れる空気発生器と痰の吸引器はフランスベッドからレンタルしてました。両方で月七千円ほどです。

次に薬や備品を入れるケースです。扉が四つ付いている高さ一五〇センチほどの物を用意しました。これぐらいの物を買っておくと、大概の物は入ります。綿類、ガーゼ、消毒剤、粘着テープ、カテーテル、排尿用パック、吸引用カテーテル、使い捨ての手袋、体温計、爪切り、耳かき（照明付き）、聴診器、薬剤、紙オムツ。後は酸素吸入用の機器ですが、機器は無料で貸してくれます。自宅で看護介護をする場合はこれくらいは必携かと思います。

当日は病院の救急車に乗せてもらい、訪問看護の看護婦さん三人も乗ってくれました。家に着くと二人のヘルパーさんが待ち受けていました。母がベッドに着くと家の中はテンヤワンヤ。ヘルパーさんも看護婦さんもそれぞれに持前の意見を出し合い、母が最善の状態で生活できるように細やかな配慮で事にあたってくれました。

私など出る幕はなく、部屋の隅っこでただじゃまにならないようにしていたほどです。

彼女たちが帰った後、母と二人きりになった部屋の中は、急に静かになりました。今日からは病院へ行かなくて済むのです。

私は決して毎日病院へ行くのがひんどくて、母を家へ連れて帰ったのではありません。他に大きな目的があったのです。二人きりになった今、病院では出来ないが家でならしてあげられる事をいろいろ考えたのですが。

しかし思うように閃きません。母に話しかけても、なかなかその話に乗ってくれません。先ほどまで、大勢の人がガヤガヤやったので少々疲れたのでしょうか。これからは介護看護を含めて自宅に来てもらうわけですが、看護の方は一週間に三回が限度でしたが、介護の方は日曜日を除いた毎日、一日五回も来てくれます。私たち親子にとって、一日五回の訪問は大変助かります。

以前は、ヘルパーさんが帰った後は、母は一人ぼっちになるのですが、以前と今とでは病状が違います。以前はそれほど気にもしませんでしたが、今はやはり気になります。一人ぼっちでいる時になんの支障も起きないように祈るばかりです。

母が家に帰った時点で、四冊のノートを用意しました。看護用とヘルパー用、私用、他の一冊はその日の看護介護の詳細を記した日誌用です。

これらのノートは、病院で言えばカルテに相当すると思います。大事なノートです。今でも大事に保管しています。皆さんはこの四冊のノートに、いちおう目を通してくれます。皆んなで書いて、皆んなで読む……。皆さんの相互理解というのでしょうか。そのチームワークのよさには、ほんとうに心から感心しました。

母が家へ帰って二週間が過ぎました。一見、変わりはないように見えるのですが、注意深く観察すると、気になる点が随所に見られました。毎日の事ですので、心配もあって、訪問看護で来て下さっている所長さんに、その気になる点を伺ってみました。

以下伺ってみた、気になる要点は以下のとおりです。

①とにかくよく寝ます。
②よく咳が出ます。
③よくガスが出ます（咳をした時は特に）。
④口数が少なくなったようです。
⑤水便状態が続きます。
⑥原因不明の熱が出ます。

⑦体を動かしただけですぐ嘔吐します。

私はこの嘔吐が大変気になりました。私の質問に対して所長さんは次のような見識で答えてくれました。以下所長さんの文面です。

退院されて二週間が経ちました。息子さんやヘルパーさんの努力が現在の郷さんの状態につながっていると思います。主治医の先生から入院中何度も説明があったと思いますが、フミさんは確かに良い状態で退院されたわけではありません。一週間もしない間に肺炎を起こして再入院かもと心配していたのは事実ですが、フミさん自身や息子さんやヘルパーさんのお陰で、在宅十六日目を迎えました。まだまだ頑張りましょう。

次に息子さんが問う要点について私なりの観点を記します。

①昼夜となく寝たり起きたりされていると思います。目を閉じておられても声をかけると、返事をされたり、表情が変わったりする時は起きておられま

す。

②咳は気管に異物（痰や食物水分）が入った時にそれ以上侵入しないために起こるものです。飲み込む事が苦手なフミさんは痰が口の中に溜まると自然に少しずつ気管に流れていくので咳となって出そうとされているのです。咳が続くような時は吸引をして、喉の奥や口の中の痰を取ってあげて下さい。

③⑤経管栄養は便通と密接な関係があります。注入食の温度やスピードで下痢を起こしやすいものです。水分なのでどうしても排便のほうも水様になりがちです。便の色や嗅いもよく見ながら経過を見ていきましょう。ガスは年をとると肛門括約筋が緩んでくるので、少し腹圧をかけるだけでガスは出ます。あまり気にする事はないと思います。

④日中、一人でおられるので刺激が少なくなっていると思います。訪問したヘルパーさんや看護婦さん、息子さんもよく話しかけてはいると思いますが、入院中ほど人の出入りも少ないので、どうしても刺激不足です。テレビやラジオなどで人の気配を感じてもらうと良いと思います。

⑥フミさんの今の状態で考えられる熱の原因は、肺炎と膀胱炎です。でも高熱が何日も続いているわけではないので、熱やその他の状態を観察していきましょう。今のところ心配ないと思います。嘔吐された時は注入食のカスだったり黄～緑色の水様物だったりするので、白湯注入食注入直後の体位変換を避ける事、体位を正しい位置にしておく事で、少しはましになるかと思います。吐物の観察も大切です。

所長さんが母の病状について、いろいろと応えてくれました。ヘルパーさんも目を通してくれて、次のような事を書いてくれています。

看護用ノートに書いてあった息子さんの気になる点についてですが、私たちヘルパーとしては、今後も引き続き、息子さんと協力して、フミさんの様子を見ながら、何かあったら、ドクターなり、看護婦さんに相談をし、指示を仰ぎたいと思っています(これは医療面においてです)。私たちは基本的に勝手な判断で、医療行為にあたるような事は禁止されていますので、ヘルパーとしては便の状態の観察や熱や痰の量、色の観察。生活に少しでもメリハリをつけられるような工夫を、今まで以上に心掛けて行っていきます。

フミさんに対する声かけやテレビやラジオなども、どんどん試してみようと思います。また時間がある時でもけっこうですので、フミさんの好きな歌のテープなどあったら、教えて下さい。

私は母に付き添って三年半ほどになりますが、その間にいろいろな人とお知り合いになり、善きにせよ悪きにせよ、有意義な体験を得ました。母が在宅してからの訪問看護の皆さん、ヘルパーの皆さんには今までかつてなかったような信義に厚いケアに、満ち足りた思いとその姿勢に共感させられました。

その16　小さな氷

母には生活のメリハリをつけ、何等かの刺激を与えるというので、ヘルパーさんが朝七時頃に来て、テレビはつけるは、ステレオをかけるは、と家の中が突然にぎやかになりました。母に寄せるヘルパーさんの心意気が感じられました。

所長さんの筆から。

六月二十一日の今日はよく眠っておられました。全身清拭と陰部洗浄、耳そうじをしています。右の耳は耳垢で閉鎖していました。よく聞こえるようになった、と聞くと、「うん、うん」とうなずいておられました。小さな氷を口に入れると上手に飲み込んでおられました。

看護婦が来た時、少し飲み込む練習をしたいと思います。まだ危険ですから、息子さんはしないで下さいね。飲み込むのが慣れてきたら、フミさんの好きな物を準備してもらいますので、フミさんの好きな物を考えておいて下さいね。

私はこれを読んだ時、思わず涙がこぼれました。K病院から有沢総合病院に移って、私も何か食べさせてから、丸一年……。母はあれ以来、口から物を食べていないのです。

さぞかし、小さな氷はうまかったと思います。所長さんありがとう。これで親子の願いがかないました。

老健の婦長から一方的に捲し立てられたあの一言から、私の頭の中には母に今一度、口から物を食べさせてやろうという願い……。ただそれだけの事に今日まで邁進してきました。

目の前に立ちはだかるいろいろな問題に私なりに頭を使い、お金を使い、気をも使ってきました。長い月日が経ちましたが、今ここにその願いがかなったのです。ほんとうにうれしかった。私は母を家へ連れて帰ったのは、まちがいではなかったと思います。

注入食の患者さんは、口から物が食べられないので、注入食にしているので、口から食べる事が出来れば、注入食にはしません。人間は口から物を食べるのが本来の姿ですから。

看護婦さんたちはなおも目標を先へと進めてくれました。今度は椅子に座る練習を試みてくれました。

はじめは五分ほどで嘔吐したそうですが、その嘔吐にめげず練習を重ねていくうちに、嘔吐をせずに座っている時間を十分、二十分と時間を延ばせるようになりました。行き着く願いは籐の椅子に座ってテレビを見ながら、大好きなプリンを食べる……。

これらのプランを当面実現出来るよう、看護婦さんたちはいろいろ考えて努力してくれたようです。実際にこれに近い按配で成果が上がったようで、私はただただ驚いています。母もよく頑張ったと思います。看護婦さん、ヘルパーさんからこのような多くの恩恵を受けたにもかかわらず、母はお礼の一言でも言えたのでしょうか。

残念な事にそのような事実はノートに書かれていません。母がまだ若い頃は礼儀にはうるさい人で、私などもよく怒られました。「お母ちゃんはお前みたいな、だらしのない子は産んだ覚えがない」が母の口癖でした。まだまだ言ってくれている頃はいいのです。今は「ありがとう」の一言も言えなくなった。母を見ていると、淋しいかぎりです。


話はちょっと横にそれますが、弁護士の中坊公平さんが『私の事件簿』（集英社）という本を出されました。

その本の中の一節に、お父さんから息子の公平さんに、次のような文言が書かれています。

「情けない事を言うな。お父ちゃんは公平をそんな人間に育てた覚えはないぞ」

この事件は、中坊さんが森永ヒ素ミルク中毒事件を担当した時の事だそうです。政治色の違いから弁護団長を辞退する趣を父親に相談したところ、前文のような発破を浴びたようです。私はこの本を読んで、苦笑をしました。親の心子知らずとでも言うのでしょうか。私もそうだったようです。ともあれ、どこの親でも我が子を思う心に厳しさと優しさが親の心底に潜在している事を思い知らされました。

家に帰ってまもなく、一カ月になります。その間、経口食の管が口の中でとぐろ巻いた時と三十八度の熱を出した時の二回病院へ連れて行ったぐらいで、やや順調のようです。

仕事から帰って括っている紐を解きながら、「看護婦さん、今日は何を食べさせてくれたのかな」と、母に聞くと、母は小さな声で「わかんない」「そう。わかんないのか」ノートを見ると、フルーツゼリーを口をもぐもぐさせながら上手に食べてくれました、と書いてあります。

私は母に、「今日はフルーツゼリーを食べたんですよ」母は「そう」と親子でこのような会話が楽しめるようになった事は、大変な進歩であり、幸せです。

このような生活がこれからも末長く続く事を願うばかりです。

その17　振戦《しんせん》（手足の震え）

このような生活がいつまで続くかわかりませんが、とにかく、今はこの生活を大切にしていきたい。

人間には運命という、どうすることもできない、何か得体の知れない、人間には逆らえないものがあるのでしょうか。

私たち親子は、またもや辛苦に追い込まれる羽目になりました。それは夜の八時頃の出来事でした。

母が突然、振戦（ふるえ）に見舞われ、手足の震えはかなり激しく私は慌てました。母はこれまでこのような症状が出た事はなかったので、有沢総合病院へ連絡を入れると、すぐ連れてきて下さい、と言われ、母はその晩から入院する事態になりました。

家での看護、つまり在宅日数は四十三日間でした。私はまた、母は家へ帰れると思ったのですが、医者の目から診ると、そのような軽い症状ではなかったようでした。

こうして母は、喪亡するまでの一年間、有沢総合病院にお世話になります。(せっかく家に帰れたのに)、私は身体全体の力が抜けるようでした。母はどうしても病院とは縁が切れないようです。

振戦は、脳血管障害パーキンソン病薬の副作用等が主な原因で、他にも二、三あるようです。これらをひっくるめてパーキンソン症候群と呼ぶそうです。

母の場合は、どの病変から発症したかは、医者から聞いていませんでのわかりません。たまたま隣のベッドに入院された家族の方に話を聞くと、やはり振戦で入院されたようです。私が疑問に思うのは病院にいる間はこのような症状は絶対というほど起きません。家にいるとなぜこのような症状が起きるのか?隣の方も同感のようでした。

平成十一年九月には、私は仕事も辞めました。もう若くはないので、仕事と母の看病の両立はひんどいのです。

年金も十月からは全額もらえますし、母の年金も多少入ります。それでなんとかやっていけそうなので……。私が勤めていた運送屋の仕事は、とてもハードで体力がいります。私のような体力のない者には、この仕事もそろそろ限界と判断したわけです。

こうして、私の両肩に重くのしかかった荷物の一つが取れたので、残った荷物を大事に運ばねばなりません。

これからは、母のために毎日病院通いを続けてやります。

私は、母の側に行き、まずは、「おはよう」と声をかけると、母は知らん顔をしています。たまたま側に来た、看護婦さんにその事を話すと、私がフミさんに、「おはよう」と言ったら、ちゃんと「おはよう」と言ってくれたわよ。

「ねぇー、フミさん」

(オバン、俺の事をどっかのおっちゃんと思っているのだろう。仕事まで辞めて、オバンのために毎日来てやっているのに)と思いながら、私は今一度「おはよう」と声をかけてみました。

思い直してくれたのか、今度は「おはようございます」と、母の声が返ってきました。

看護婦さんは私の顔を見ながら、「ほら、ちゃんと言ってくれるじゃないの。大丈夫よ、ちゃんと息子さんと思っていますよ」

看護婦さんは、こう言い残し、病室を出て行きました。

私は今一度、母の側に寄り添い、額に手を触れ、手足に触れてみます。特に足の体温は大事です。母は心肺に疾患がありますので、末梢への血の流れが気になります。主治医の先生も往診に来られた時は、必ず母の足に触れてくれます。

「今日も温かいから大丈夫ね」

私は、先生のその言葉を聞くと安心します。私が毎日病院へ来ての日課ですが、まず母の顔色を見る、母は元来色が黒いので、少々わかりづらいのですが。額や手足に触れる、口中の清拭注入、食前の痰の吸引、O_2管の鼻の部分のつまりの確認、機器のメーターの確認、体温。

　これだけは毎日、必ずやっています。いちおう母に関する確認作業が終わると、私の目は自然と周囲の患者さんに向きます。

　例えば、向かいのおばあちゃん。時々ベッドから落ちます。その度に私は詰所へ走ります。ベッドの周囲には柵があるのですが、その柵を自分ではずして、一人で下りる際に、誤って落ちてしまうのです。看護婦さんはブツブツ言いながら、紐で柵が抜けないように括っていました。

また、ある時は、車椅子から落ちた事もあります。母もあのくらいに元気があったらと思う事もありました。

　窓際の患者さんの点滴が終わりました。ナースコールをして、代わりに私が連絡してあげます。こうして一日、病室内を見渡していると、十人十色と言うのでしょうか。それぞれの趣があって、けっこう、退屈しません。この病院では看護婦さんの養成にも大変力を入れていて、看護学校の生徒さんが三、四人で一つのグループになって、各病室に入ります。

実習課目は、体温、血圧、清拭、排泄の処理、食事の世話などを勉強の課題にしながら、一方では患者さんの話し相手になってあげたり、一緒に折り紙を折ってあげる、本があれば読んであげたりしています。彼女たちはまだ看護婦さんではないので、医療行為に関わる事は出来ないのです。

先輩の看護婦さんがするのを真剣に見ながら、勉強しているようです。

「郷さん、午後から清拭をやらせてもらいますので、よろしくお願いします」

「えーまたかいな」

私は学生さんがやってくれる清拭にはほとほと困っています。と言いますのは、清拭をするためには衣服を脱がせます。脱がせたパジャマやオムツカバーを彼女たちはすぐ、紙袋に入れてしまうのです。一旦、紙袋に入れた以上は家に持ち帰り、洗濯をしてこなければなりません。排泄物でも付いているのなら洗ってきますが、まったく汚れていない、今着ているパジャマは、昨日の夕方に看護婦さんが着替えさせてくれたばっかりのものです。

それでもはじめの頃は、持ち帰って洗濯をしていたのですが、そこで私も考えました。とりあえずは家に持ち帰り、洗濯機に入れずに、きれいに畳んで、また翌日病院へ持って行き、棚の中に入れておくのです。

（これでうまくいった……）

私は一日母のベッドに寄り添っていても、母との会話はほとんどありません。母は脳に障害があって話す能力が少しずつ失っているのでしょうか。しかし失語症までにはなっていないと思います。

きれいな言葉でしっかりと話してくれます。耳もちゃんと聞こえます。いかんせん、口数が少ないのです。ですから、先生でも看護婦さんでも、母と話が出来ると、私にこう言ってくれました、私にもこう話してくれたと言った事などが私の耳に入ってきます。

当の息子である私のほうはサッパリです。

（母さんは相手を見てるな。それとも考えすぎかな）と、そんなことを思っていた矢先でした。

母が私に言った、びっくりするような言葉……。母の口から聞かされたのです。

それは、昼の注入食が終わると私は家へ食事に帰ります。病室を離れる時は、母と詰所に断りを入れるのですが、

「ごはんを食べに行ってくるわ」

すると母は、きれいな言葉づかいで、

「ゆっくり、行ってらっしゃい」

この言葉を聞いた時は、ほんとうに驚きました。今でも、言葉なお耳に在りです。

以後、私と母の間には、このような通常と思われる会話はありません。母が言った、この言葉が最後になりました。ほんとうに残念です。

今一つは、看護婦さんを泣かせた事です。母を重点的に診てくれていた、看護婦さんがおります。その看護婦さんが私用で三、四日休んだそうです。出てくるなり、母の所へ飛んできて、休んだ理由などを母に話したそうです。私は病室にはいたのですが、ベッドの側から離れてましたので、二人の会話は聞こ

えませんでした。

私がベッドの側に寄ると、その看護婦さんが涙を流しながら、ハンカチで目を拭っていました。私は、どないしたと看護婦さんに尋ねると、まだ止まらない涙を拭いながら、「フミさん、私にこう言ってくれたの」

「フミさんもう大丈夫よ。休まないから。ゴメンね」

看護婦さんが去った後、私は母に看護婦さんを泣かせちゃいましたわ、と言うと、母は、例のとぼけた調子で「そーおう?」母はベッド上の生活では先生や看護婦さん、息子の私にも、これといって迷惑をかける事は一切なく、おとなしい患者の一人でした。周りの患者さんも、比較的静かな患者さんのようでした。もちろん患者さんは疾患があるから入院しているので、看護婦さんが手を焼く、困った患者さんも中にはおりました。

その18　TP（総たんぱく質）

六月に入ってすぐだったと思います。看護婦さんが私の所へ来て、「息子さん、先生が息子さんに話したい事があるので、詰所へ来てほしいと言っておられます」

「ええ、先生が……。わかりましたすぐ行きます」

私は内心、いやな予感がしました。詰所へ行くと先生は、まあ、かけて下さい、と言いながら私の前にカルテを出して見せてくれました。

先生は一息ついてから、

「ここに来て気になる事が出てきたの。息子さんもご存じだと思うけれど、TP（総たんぱく質）の数値が減ってきているの。注入食を一本増やしましたけれどこれで、少しでも上がればいいのですが、ちょっと難しいみたいね。出来るかぎりの事は、やりますけど」

先生はそう言って下さったのです。先生ご自身もいつもの笑みは消え、憂患な表情さえ感じられました。先生は、

「息子さんも心に留意しておいて下さいね」

「わかりました」と私は答え、母も元気な頃はＴＰの数値が六・一から六・二でこの数値でもやや低めですが、今は五・五に下がってきているということでした。


「私は何も悪い事をしていないのに、なんでこうなるのかね」

母の口癖でした。

「大丈夫ですよ。ちゃんと側に付いていてあげますよ」と言うと、母はうれしそうに「ありがとうね」、こんな親子の会話からはじまって、五年間、母の看病に付き添ってきました。

母が倒れてから、絶命するまでの年月は、私たち親子は良い病院、悪い病院、良い施設、悪い施設と駆け巡ってきました。この五年間どれを取っても、私た

ち親子にとっては貴重な体験でした。自分を捨て、只管、母の看病に没頭し、一喜一憂の思いで母親の病気の回復を願う。その事だけに私は全神経を注いできました。

ＴＰの通常値は六・五～八・〇です。母の場合は五・五ですから、大分下がってきています。高齢からの老病という事ですと、一旦悪くなると回復は難しいようです。まして母は心肺という爆弾を抱えています。

私は覚悟をしなければなりません。この私に出来るでしょうか。気の重い日々が続きます。

私は先生に言われました。

「息子さん、あんまり深刻に考えないで下さいよ。今、息子さんがだめになったらフミさんはどうなるの」

私は「わかっています」と言ったものの、迷悟が私の心に立ちはだかり拭う事も出来ず、自分自身の心の狭さを感じました。

私は病院から出て、たばこを買い、病室へ戻ると、母のベッドが病室から出ようとしています。婦長さんが私の側に寄ってきて、フミさんは個室に替わります、と言い、それほど悪いという事ではないんだけれどね、と婦長さんは説明してくれました。

私には、ぴんと来ました。持病の心臓病が踠きはじめたようです。こういう事態になってほしくないと願っていたものが、現実になってしまいました。

不整脈は母の持病で、若い頃からあったようです。個室へ移ってからは一層、病状も悪化をたどり、血中のO^2も減りはじめ、一時は七〇くらいに減りました。先生はこの時、一挙に機器のメーターを七ℓに上げたので、血中のO^2は九五〜一〇〇近くまで上がり、先生は「これで血中のO^2はやれやれね」と安心した様子。

病室には心臓の波動と心拍数を見るモニターが運び込まれ、緑色の線が不気味に波形を描き出すのですが、私ははじめて見るせいで、よくわかりません。心拍数の方は数字で出てきますので、わかりました。

病院の帰り、私の足は本屋へ向いていました。

書店の本棚を端から探し求めると、赤塚宣治先生のお書きになった『心臓病正しい知識と治療法』（梧桐書院）という本が目に止まりました。

ざっと内容に目を通すと、モニターに映し出される波形の解説が、素人の私にもなんとか理解できるほど、わかりやすく解説してありました。早速買い求め、家へ帰り、今度はじっくりと目を通すと、不整脈だという事はわかったのですが、不整脈にもいろいろあって、心房細動、心房粗動、心室細動、房室ブロック、……。いずれにせよ、これらの疾患は洞結節からの正確な電気的刺激波を無視して、心房なり、心室または刺激伝導路等が各々な動きをしてしまい、脈に乱れが生じ、頻脈徐脈を生じます。徐脈の場合は人工ペースメーカなどが開発されており、血液量が減った場合、ペースメーカで刺激を与えて、血液量を増やす事で解決するようですが、頻脈の場合は、このようにはいかないようです。

母の場合、頻脈で一時は心拍数が二〇〇近くまで上がり、モニターから目をそらしたくなったほどです。

一方、治療ですが、注入食も高カロリー用に替え、点滴も三、四本とぶら下げ、懸命の処置を施してくれたものの、母の容体は依然、変わらず、呼吸も苦しそうでした。

私は母の側にいるのが大変つらく、休憩室へ行ってはたばこを一服して、病室へ戻るという繰り返しでした。

果たして、このような状態がいつまで続くのか……。母の苦しそうな歪んだ顔を見ていると、自分の心を鬼にして、早く母を楽にしてあげたい、などと考えてはいけない事まで考えるようになり、止め処ない、心痛に思い悩まされました。

母がちょっと落ち着いた時を見はからって、看護婦さんが母の頭を洗ってくれました。洗ってくれている最中は気づかなかったのですが、タオルで髪を拭いて乾かしてもらっていると、異常なまでに母の毛が抜けるのには驚きました。とても手で拾う状態ではありません。掃除機を持ってきて、吸い取りたいほどでした。

なんとか拾ってやりましたが、この抜けた毛が母の死が近い事を告げているように思いました。

夕方、家へ食事に戻り、食事の支度をしていると、看護婦さんから電話が入りました。血圧がだいぶ下がってきているので、食事が終えたら急いで来て下さい、という話の内容でした。そんな心配な事を言われては、私も食事など喉を通りません。急いで病院へ飛んで行ったところ、ちょうど看護婦さんが血圧を測っているところでした。腕帯に聴診器を挟んで音を聞くのですが、血圧が極端に下がってきているので、なかなか脈が聞こえないようです。

その19　母の死

どうやら、母との別れが近付いたようです。

血圧は依然として上がらず、心不全の状態が続いています。再びモニターが病室へ運び込まれ、母の心臓の動きを映し出します。

映し出された波形はその形を少しずつ変え、やがて一本の線に変わり、母の死を告げました。

平成十二年六月二十一日、午前一時四十六分、母は永眠致しました。享年八十八歳でした。

看護婦さんがどこからか菊の花を一輪持ってきて、母の手に握らせてくれました。そして化粧道具を持ってきて、きれいに母の顔にお化粧を施してくれました。

看護婦さんの指に紅をつけ、母の唇を赤く染めてくれました。すると母の唇は赤くとてもきれいでした。看護士さんもその晩は勤務で、バケツにお湯を入れて、タオルを浸し、白衣と一緒に持ってきてくれました。

「この白衣を着て、タオルでお母さんの体を拭いてあげて下さい」

私は言われたとおり、白衣を身に付け、母の体をタオルで拭いていると、看護士さんが入ってくるなり「息子さん、白衣が前後逆ですよ」と言われ、私は確かめると前に白衣がなく後で着ていました。やはりかなり動揺をしていたようです。

主治医の先生もすぐ駆けつけてきてくれました。目には涙を溜めて「よく頑張ったわね」

「私は、先生にはほんとうに長い間お世話になり感謝しています。ありがとうございました」と言い、頭を下げました。

あとがき

母は今私の側から去ろうとしています。

母に付き添って五年余り様々な事柄に、私達親子は揺さぶられ、その都度、事の次第で罵声もしました反面、人の温かみに助けられてきました。

何時も病状の母の心肝を、見詰めながら辛気にめげず、少しずつでも親子の愛情を深めて行く事で、周囲の人の温かい情を得る事を知りました。

母を通して心に残る思い出もいっぱい出来ました。

その思い出を今、ここで文章にする事で、母への回顧録がまざまざと蘇ってきます。

母が私に教えてくれた教訓は貴重なものです。その教訓を人様に少しでもお役になればと考えております。

フミサンありがとう。

母は去って行きました。私を残して。私は見送ってやりました。

フミさん、サヨウナラ……。

一つの位牌に父と母の戒名を仲良く並べて彫ってやりました。

これが私の出来る最後の親孝行です。

この本を読んで下さった読者の皆さんにも心からありがとうを言いたいと思います。

読者の皆さんにも大事にされているご両親や大切な人が必ずやおられると思います。特に親子の絆は尊く、強いものです。これからもその絆をより大事にされる事を願って止みません。


瀬戸内寂聴さんの『法話集』の中に、こういう一説があります。

自分が死ぬより、愛する人が死ぬのはつらいですよね。

だけど人間は「忘れる」ということを、仏さまからいただくのです。そうやって、皆んな乗り越えて行くのです。

今、この言葉に私は支えられているのです。そして、これからは母の分もしっかりと生きていきたいと思っております。

著者

著者プロフィール

郷　利昭（ごう　としあき）

昭和9年生れ。

小さな氷

2002年9月15日　初版第1刷発行

著　者　郷　利昭
発行者　瓜谷 綱延
発行所　株式会社 文芸社
〒160-0022　東京都新宿区新宿1-10-1
電話　03-5369-3060（編集）
03-5369-2299（販売）
振替　00190-8-728265

印刷所　図書印刷株式会社

ISBN4-8355-3109-4 C0095